未來 詩選 55

崔檀泉 詩集

古朝鮮의 마늘女人

미래문화사

미래시선 55

古朝鮮의 마늘 女人

최단천

미래문화사

인생에 있어서 가장 소중한 사람. 다시 태어나도 다시 결혼하고 싶은 그런 여자. 나에게도 그런 시가 있을까.

그러나 나의 친구 그는 그런 여자와 그런 시를 함께 가지고 있으니 얼마나 행복할까. 행복은 즐겁고 기쁘고 만족한 것일 수도 있고 또한 역겹지만 최선을 다했을 때도 행복한 경우가 있다.

그는 경망스럽거나 터질 듯 그런 야하고 적극적인 이미지가 풍기는 그런 시를 쓰기도 하고, 한없이 감추어진 수줍음의 시가 아니라, 잔망스럽고 깔깔거리는 열다섯 스물의 부드럽고 나긋나긋한 시를 쓰기도 하고, 그는 맑은 시, 향기로운 시를 찾아서 여행도 하고 산에도 늘 오른다.

때로는 순종하되 꺾이지 않고 때로는 타협하되 절대로 굴하지 않는 그런 여자, 그런 시를 쓰고 있었다. 저 동양의 공자나 서양의 비너스 같은 그런 시가 아니라, 우리의 줏대가 있고 개성이 강한 그런 여자를 위하여 한 편의 메시지를 쓰고 있었다.

그는 한밤중에 소나기 소리를 들으면서, 눈 오는 날 깊은 밤에도 책을 읽고 고뇌하며 사색하고, 눈을 부라리고 가슴을 치면서 한 편의 시를 쓰고 있었다.

그는 일년 내내 산을 사랑하고 산에 오르면서 산의 정기를 받은 시를 쓰고 있었다. 산 위에 앉아, 산봉우리 위에 누워 구름이 아니라 땀흘리는 시를 늘 쓰고 있었다.

그는 다만 산에 오르는 기쁨 하나로 산의 나무와 산의 숲과 산의 들꽃, 산의 매미 소리, 산에서 흐르는 맑은 물을 소재로 하여 황금알 같은 좋은 인생, 좋은 시를 쓰고 있었다.

그는 술을 좋아하되 술이 아닌 소주, 술이 아닌 막걸리는 마시지 않았다. 술을 마시되 술의 낭만, 술의 전통을 쓰기도 하고, 술의 향기, 술의 진미를 혀로 마시고 뜨거운 가슴으로 한 편의 시를 쓰고 있었다.

제1 시집 《호박꽃 초롱에 술을 부어 마시니》 그런 시의 초기적인 패턴을 뛰어넘어 저 광주 영암의 명산 월출산까지 등반하기도 했다. 안동의 매운 소주에서 진도의 쓰린 홍주와 지리산의 국화주와 경주의 법주를 찾아가서 한 편의 시를 쓰기도 했다.

그러나 그의 시는 15년 가까이 산에 오르면서 땀흘리는 시를 쓰고 있었다. 비가 오나 눈이 오나 일요일이면 산에 오르고 산의 휴머니즘과 산의 숨결, 산의 메아리, 산의 캠페인, 산의 전설과 산의 겸손과 산의 쓰레기, 산의 소나무 가지치기, 바위산 바람 소리도 함께 노래하고 있었다.

이번에 작은 상을 타면서 새로 묶은 시집은 매우 고무적인 인생과 매우 다양하고 비전이 있는 테마와 언어의 채광도 날카로웠다.

산의 첫사랑, 산의 들꽃, 산의 봄비, 산의 개망초, 산의 왕개미, 산의 사타구니, 산의 개부랄 같은 시에서부터 산의 위엄이 있고 산의 소나무 같은 늘 푸르고 늘 흐르는 시를 쓰고 있었다. 어쨌거나 산보다 더 소중한 한 편의 시, 그 자연의 아름다움보다 더 화려한 시, 그런저런 기억하고 싶은 한 편 한 편의 시를 위하여 더욱 분발하기를 바랄 뿐이다.

시는 본래 땀이나 노력만으로 되는 것이 아니어서 더구나 언어의 전시나 생각의 저편에서 피는 것이 아니어서 독서는 물론 순결한 언어와 고뇌하는 사상과 다양한 산책도 함께 더불어 있어야 빛나는 것을 명심하시기 바란다. 사람다운 사람, 시다운 시, 시집다운 시집. 모두가 기리고 싶은 바탕에서 새로 출발하는 마음가짐이 있어야 함을 다시 다지고 싶다. 더욱 좋은 가정과 좋은 직장과 좋은 이웃과 좋은 친구에 충실하는 시도 쓰기를 권하면서 그의 시집을 축하하는 바이다.

한국현대시인협회 부회장

차   례

··

Ⅲ. 수락산의 봄비

....

불암산 개망초 . IV

북한산 의상능선에서 사는 마늘 女人 —속명 보살바위

I

북한산에서 그해 여름을

대동문 복원으로 뿌리 잘린 同族相殘(?)의 나무들
—통일이 되기도 전에 사라지는 것이 너무 많다.

북한산

산이 일어나서
아침마다 나를 깨운다.

아늑한 서가 안쪽에 꽂힌
지리부도 속에서
산이 이불을 걷어차고
휴전선 부근으로 몰려와
나를 흔들어 깨운다.

북한산에 오르면
어머니, 우선 떠오르는 저어기 ……
백두산, 금강산, 묘향산, 관모봉
개마고원의 푸른 산맥들 ……

밤마다 솟아서 가슴으로 오르다가
눈 뜨면 지리부도속으로 돌아눕는
이복형제들
북한산 인수봉 송곳니빨 깨물고
주르르 눈물 흐른다.

산을 올라서면

古朝鮮의 하늘이 고와서
북한산에 올라간 사실은
아무런 증거가 없다.
등산로는 발자국을 흘리고 있지만
어디 누구의 발자국이라고 남겨 두던가
억지로 돌바위에 아주 이름 석 자 파두거나
나무등걸에 얼굴 떼어 걸다가
벼락을 맞아 싸겠지만
그 하늘 그 산에 오르면 그런 신통한 생각은
떠오르지 않는다.
다만 혼자 머리 속에 북한산 모습이 살아와서
가만히 구름에 젖어들게 하듯이
살아가는 것이란 훌훌 털어
산길 가듯이 스쳐가는 것이라고
가슴에 먼저 가신 님이 남아서
돌부리에 채이고 바람 속에 묻히어
넘어오는 깔딱고개에
새털구름으로 머물기도 하지 않겠느냐고
돌아보면 풀꽃들이 햇빛 미소를 짓더이다.

하, 오래도록 당신을 그리워하다 보니

나의 거실 벽에 백두산 천지가
그림으로 붙어 있습니다.
어느 날 딸아이조차 잠들지
못하고 칭얼대는 밤,
벽 속에서 천지의 물이 와르르
쏟아져 나와 나를 흠뻑 적십니다.
가슴속에서도
한 뿌리 山河가 오도 가도 못하고
오래도록 쑥데미 생이별,
그 쪽빛 물결로 덮쳐 왔습니다만
싯푸르도록
벽하늘만 보였습니다.
깊은 밤 나의 거실 벽에서
백두산 천지물이
한꺼번에 쏟아져 내리면 차라리
꿈속을 익사합니다.

그해 여름

── 흰 쌀밥꽃 이야기·1

뒷동산 뻐꾸기는 하얀 옥양목 햇살 위에다가
무얼무얼 뱉는 듯이 울어댔다.
평안도나 함경도에서 자라난 시퍼런 칡넝쿨이
성큼 남쪽 외딴 집에 들어왔다.
지붕 왼쪽 굴뚝키가 뚝 떨어지고
온종일 연기가 나지 않는다.
햇빛이 저 혼자 들어와 닦지 않는 툇마루에
누워 졸음병이 든다.
창호지 문짝이 덜컥 열리더니 조매 닫기지 않는다.
방속이 깜깜했다. 아직은 부르면 나올 듯이 부엌에 깨어진
흰 쌀밥꽃 사기그릇이 하나 놓여 있고
돌담 밑에 겹복숭아가 붉다랗게 두 손을 붙잡는다.
마지막 똥파리 한 마리가 웽웽 휘둘러 간 한낮.

새벽을 피워 물면

—— 흰 쌀밥꽃 이야기·2

멀리 포성이
새벽을 흔들어 놓고
담배연기는
아직도 어린 콧속에서
흰 쌀밥꽃 익는 냄새를
벌름벌름거리고 있다.

새벽이 웅성거린다.
눈을 뜨니
이마 찌푸린
사랑방 짙은 담배연기들
어디로 가나
어떻게 될까
아무래도 남쪽으로 내려가야지
아니 영월 쪽으로 아주 숨어 버렸다가……

숟가락만 살아
—— 흰 쌀밥꽃 이야기·3

푸른 국방군이 물참나무 기둥에다가
흰 핫바지 둘을 동아줄로 씩씩 동여매고
검은 헝겊데기로 눈을 가린다.
푸른 국방군 여럿이 일렬로 서서
일제히 사격을 한다.
높은 계급장이가 권총 두어 발씩 더 쏜다.
물참나무 눈물 젖은 이파리 서너 장이 떨어진다.
그러자 가슴피가 흰 저고리에 빨갛게 배인
핫바지가 고개를 뚝 떨구니깐
옷섶에 숨어 있던 숟가락이 땡그렁 살아나왔다.
그날 북녘바람이 몹시 불었다.
흰 쌀밥꽃이 기와집 등걸에도 피었다.
아이들이 먼발치에 오그리고 앉아
숨을 죽이고 오들오들 떨고 있다.
"빨갱이래. 너 빨갱이가 얼마나
무서운 줄이나 알아!"

털벙거지
―― 흰 쌀밥꽃 이야기·4

피난 보따리가 남쪽으로 걸어가다가
감기몸살이 되어 눈 덮인 의성, 외딴 집에
풀썩 주저앉았다.
해질 무렵 인근 부대 군인아저씨가 준
흰 쌀밥꽃 누렁지가 눈물에 불려
코를 질질 흘리고 훌쩍거리고 있는데
낯선 총대 둘이 불쑥 들어왔다.
"야 이 꼬마야! 너희 아버지 어디 있어."
"우리 아버지가 그러는데요, 누가 오면
아버지 없다고 그러래요."
낯선 총대 둘은 아버지를 데리고
어디론가 사라졌다.
엄마는 철부지를 붙들고 울고
우리는 그제서야 무너진 담 밖으로
죽어라고 아버지를 힘차게 부르다가 잠들었다.
깨어나 보니 아버지가 와 있다.
엄마가 피난길에서 만든 털벙거지를 빼앗기고
간신히 살아왔단다.

부산 사투리
—— 흰 쌀밥꽃 이야기·5

흰 쌀밥꽃 따라 쫓겨온 부산 땅인데
부산 사투리가 바닷바람으로 함부로 불어
영도다리 위를 지나는 아무 여자나
치마를 훌떡 뒤집어 올리니
아버지는 부산 사투리가 쌍스럽다고 방바닥에 튀며는
회초리를 내리쳤다.
국민학교도 부산 남일국민학교를 쉽게 보내지 않고
서울 재동국민학교를 3개월이나 우겨서 넣었다.
부산 아이들은 나를 서울다마내기라고 따돌리고
서울 아이들은 나를 시골 촌놈이라고 놀려대어
나는 아무 할 일 없이 바닷가에나 가서
바닷물만 만지고 혼자 놀다가 간신히 詩人이나 되었고나.
"보소, 이 사람들아! 이기 무신 짓꺼리라요.
쎄가 만발이나 빠자뿔라마 ……"

주문진 피난민 수용소의 카레라이스
—— 흰 쌀밥꽃 이야기·6

해방 이듬해 비둘기는 어둠을 타고
피난 보퉁이를 인 어머니를 따라
안변집 밖을 나섰다.
시퍼런 파도가 달려와 소나무바람을
허옇게 물어뜯어 바위에 철썩 뱉어 놓는다.
양양을 지나 38선을 넘어서니
"엄마, 배가 고파 죽겠어."
"응, 그래 조금만 참아라.
저 언덕 아래만 가면 아버지가 있단다."
훌쩍거리는 네 살의 코흘리개 손목을 끌던
낯선 비둘기
그 눈빛 새까맣게 먹던 것이 무엇이던고
파도야 바람을 허옇게 물어뜯든지
수용소야 천막이 펄덕펄덕 뱃가죽을 뒤집든지
걸쭉한 서양 호박죽 같은 게 달더라
재채기가 나도록 비둘기가 날더라
비둘기가 날도록 눈물이 솟더라
여름이 오며는 어머니는 내가 좋아한다고
으레 그 카레라이스를 밥상에 올려놓는다.

첫 바다
—— 흰 쌀밥꽃 이야기·7

흰 쌀밥꽃이 그리메섬 갈매기 부리에
바싹 말라붙어서 2환에 한 병짜리 사카린 물을 먹고
바라만 보던 신기한 바닷가에 갔다.
출렁거리는 물데미는 내 고향 도랑으로 헤아릴 수 없고
개천으로도 이루 다 담을 수가 없다.
파도가 넘실넘실 갯바위를 씻고 있을 때
다가가도 도망치지 않고 출렁이는 물 속에
제 놀기에 취한 물고기 같은 것이 있어
숨을 죽이고 두 손으로 살며시 움켜 쥐었더니
손아귀에 뭉클 짓이겨지며 확 풍기는 냄새
퉤, 퉤, 퉤, 사카린 물이 넘어왔다. 눈물이 핑 솟았다.
똥이다 ! 살아 있는 몸똥.
내 고향 도랑가에 두고 온 흰 쌀밥꽃을 이 넓은 바다에 와서
버리고 떠날 수 없는 반가운 몸똥 하나로
어린 첫 바다에서 건져 올린 것만 같습니다.

루즈 바른 수박껍데기
—— 흰 쌀밥꽃 이야기·8

피난민 개미 골목에
양갈보가 바위꽃을 피우고 안개구름을 먹는다.
뻐얼건 수박 속살을 내보이며
루즈 바른 수박껍데기를 버린다.
밤이면 개구장이들이 보리쌀이든 알량미*이든
한 웅큼씩 씹어 물고 담벼락에 숨어서
양코배기와 바싹 붙어 버린 얼굴에 긴 유리대롱으로
소쩍새 울음을 훅 불어댔다.
양갈보가 춤을 춘다.
무당굿 춤을 춘다.
서양귀신을 내쫓는 것인지
서양귀신을 더 붙어 보려는지
바위꽃은 안개구름을 먹고 루즈 바른 수박껍데기를 버린다.
〈그 여름 쓰레기통에서 난생 처음 먹어 본 루즈 바른 수박
껍데기!〉

*알량미 : 安南米

달걀뿌리

—— 흰 쌀밥꽃 이야기·9

흰 쌀밥꽃 풀씨 하나가 부산 국제시장 삼천리 이발관 앞 길
바닥 가운데 좌판에 한 알에 일이원 남는 달걀 껍데기에 붙어
서 뿌리를 내렸다. 어머니는 이른 아침부터 밤 늦게까지 닭똥
묻은 달걀을 조심스럽게 닦으며 육남매 달걀꿈을 꾼다.

"엄마 ! ""오, 내 새끼냐, 배 고프지."

깨진 달걀 두어 개 얼른 떡장수 아줌마 솥뚜껑 뒤집힌 데로
가 인절미 깔고 누워 두루 말려서 내 입 속으로 꿀꺽꿀꺽 넘어
간다. 어느 날 토종 달걀 다섯 상자 천오백 개를 지게꾼이 내
리다가 지게꾼 허기 속에 지겟작대기가 빠지는 바람에 와그르
르 달걀피가 한강이다. 시장바닥 흙먼지 섞인 달걀피를 자배
기에 담아 사흘 동안 달걀부침을 줄창 먹어대니 나흘 동안 닭
똥 냄새가 입안 가득 찬다. 어머니는 생일날 먹지 못하는 쐬
주 한잔 들고 동네분들 앞에서 울음을 불렀다.

"타향살이 십여 년에 눈물만 삼켰더니

이내 몸은 국제시장 달걀장사치기다아 ……"

고래고기

—— 흰 쌀밥꽃 이야기·10

　　부산 국제시장 삼천리이발관 한쪽 옆구리에 고래고기 아줌
마는 커다란 함지박에 칼도마를 올려놓고 열두 번 삶은 고래
고기 이쪽 저쪽을 연신 썰어 놓는다. 그 둘레에 아줌마들이
가랭이를 쫙 벌리고 쭈그리고 앉아 얄팍한 지전 뭉치를 꾸겨
쥔 왼손은 애비새끼 뱃속이 훤히 들여다보이는 장바구니로 결
박하고 풀려난 오른손으로 고래고기를 소금 가득 찍어 입을
쩍쩍 벌리며 맛있게 잡숫는다. 어려운 피난살이 건더기는 애
비새끼 입 속으로 싹싹 비우시니 허기진 장바닥을 도무지 헤
매일 수가 없어 그 시절 개도 안 먹는다는 고래고기 칼도마 앞
에 바싹 붙어앉아 그 중 헐하고 양 많은 것으로만 일이십원어
치 살짝 잡숫는다. 그런데 가끔가끔 미군아저씨들이 카메라로
들여다보는 렌즈에는 아주머니가 벌린 가랭이 깊은 골짜기에
흰 쌀밥꽃이 활짝 피어 빙그레 웃는다. 푸른 바다를 헤쳐 가
던 집채만한 고래가 그 어려운 시절 저렴한 남의 살*이 되어
우리나라 아주머니 아래윗문을 활짝 열어놓았습죠.

　　* 남의 살 : 고기류의 속칭

장벽, 그 줄넘기

어머니는 죽었다.
그 넘어온 고개에 덩쿨장미만 피어
유월의 단장을 빗는다.
얼룩진 장벽은 드러났다.
유두분면의 강산 얼씨구나 좋다!
초록 덩쿨이 기어나온다
마침 눈을 뜨니 눈물조차 끓는구나
흩뿌려진 핵노을
초록을 태우다 지쳐 붉은 꽃
어머니와 넘어온 38선 줄넘기
한때의 광풍떼거리가 스쳤을 뿐이라던가
까만 밤 흰 이빨이 돋아
줄기줄기 가시에 아근바근
동갑네기 김일성이 죽기 전에는
두 눈 못 감는다던
어머니는 죽어 빨알간 눈물꽃 괸다.
도척이 수명을 누리는 史記의 하늘
술취한 골목을 북녘 달빛이 비틀거리며
장벽에 오줌을 질질 싸대며 중얼거린다.
〈오마니, 그놈이래 아직 뒈지지 않고
이번엔 핵불씨 가지고 조선을 쓱쓱

굽질하굽쇼. 뜨거우시면 눈 좀 뜨시
라우요 오 오. 마. 니 ……〉

1994년 7월 8일 오전 2시

I

어머니.
어머니.
그놈이 죽었어요.
남서울 공원 묘지 흙먼지 떨치고
어서 일어나서 텔레비전을 보셔요
7월 9일 한낮의 뉴스가
온통 그놈의 사망으로
다 져버린 진달래
한맺힌 눈시울 붉어지네요
오래 살고 봐야지요
오래 살고 봐야지요
김일성이란 놈도 죽는 날이 있구만요
동갑내기 그놈이 죽기 전에는
내 눈 못 감는다고
가신 지 꼭 3년 만입니다
어머니 이제 두 눈 꼭 감으셔요
그놈이 죽어 이 강산 떠돌던 원혼들도
모두 고운 별이 되어 밤하늘이 빛나네요

II

해방 이듬해 비둘기 가는 길을 따라

함경남도 안변군 안변면 문내리 문밖을 쫓겨나
어머니 그 가는 조선 허리에 어린 동생을 업고
커다란 보따리를 이고 코흘리개를 끄을고
38선 칼가는 소리에
피눈물 많이 흘리셨지요
그것도 모자라 장성탄광에 발도 붙이기 전에
놈이 쏘운 6·25 포화로 부산으로 쫓겨나
9·18 수복으로 돌아와 설거지도 못하고
1·4 후퇴 또 쫓겨나 고리짝 부산
고갈산(枯渴山) 피난살이
달걀장사 와르르 깨지는 밑지는 장사
소주 먹고 울던 어머니
"그래도 우린 행복한 거야 살아 있는 목숨은
풀칠이나 하지 ……."

　　　Ⅲ

고조선에도 없습니다.
신라에도 없습니다.
고려에도 없습니다.
조선에도 없습니다.
그런 망종 하나가 어떻게 대한민국
이른 봄에 붉거져 나와 어머니 땅을 피흘리는

진달래 시산혈해(屍山血海)로 만들 수 있겠습니까
어머니 어머니 우리들 생식기를
꽉 쥐어짜 봐야겠어요
이 나라 어느 나무가지 어느 풀뿌리 밑에도
어느 산골짝 어느 바위틈에도
그런 씨가 또 있는지
우리들 어린 것들도 잘 키워야겠어요
어머니 땅에 그런 망종이
또다시는 태어날 수 없게
다시 한번 입술을 깨물고 우리의 생식기를
아프도록 쥐어짜야겠어요, 어머니 !

시작 메모

「놈은 조선민족의 소망을 좋은 기와집에 살면서 흰 이밥에 고깃국을 먹고 비단옷을 입고 사는 것이라고 입버릇처럼 말을 해놓고 우리들 유년의 논밭을 깡그리 뒤집어엎어 흰 쌀밥꽃을 모조리 꺾어 버렸다. 배고픈 설움이 피눈물이 되어 절절했던 부산 판자집을 자꾸자꾸 돌이켜보면 쓰레기통에 흙먼지 묻은 수박껍데기의 풍부한 찌꺼기를 한여름 둥둥 떠올린다. 그래 이렇게라도 살아남는 것도 천만다행이라는 자위의 눈물을 삼키던 먼먼 뒤안길. 놈은 북을 향하여 눈물짓는 일천만 이산가족에 아직도 대못질만 하고 있다. 도무지 이해할 수 없는 것은 놈이 수시로 커다랗게 웃고 있다는 것이다. 그 웃음 바다 속에 포성이 울리는 여름 해변에서 피엉킨 희미한 조개껍데기를 내 살집에서 조금씩 떼어 그 시절 눈물을 불린다. 불리면 그 여름은 가고 또다시 여름이 오겠지만……」

도봉산 송추남능선에서 사는 마늘 女人 —속명:여성바위

II

도봉산의 첫사랑

도봉산 우이암

—지난날 자식 낳기를 빌면 틀림없이 아들을 점지해 주시던 아들바위.

지금은 여성 클라이머들의 연습바위가 됐나.

古朝鮮의 마늘 女人

── 道峰山 여성바위에게서 듣는다

古朝鮮의
마늘여인은
알몸이시다.
千年의 푸른 바람이
빗줄기를 모아서
죄다 속시원하게 내보였다.
빗줄기 따라 키득키득
눈짓이 죽는다. 죽어서
풀빛이 돋아났다.
어둠을 주린 스커트를 감거나
목마른 팬티를 끼워서
가리며 흘리며
地下鐵을 타고 가는 女子와는
사뭇 달랐다.
소나무 짙은 암내를 풍기며
솔바람 가는 길에
비가 오거나
눈이 오거나
古朝鮮의 마늘 女人은
하늘 가운데로만
벌름하다.

키 스

봄이 끄슬린다.

사루비아가 회룡사 가는 길가에서
루즈 바른 입술을 내민다.
수북한 연두빛 댑싸리는
순이 무명치마자락 내리고 청승으로 앉았다.
밤느정이들이 개울가에 뿌우연 정액을 내뿜어
빨래하는 아낙 손끝에 흰 거품을 인다.
상추밭에 예쁜 똥개가 흘레붙었다.
개울 물소리가 가쁘다.
바람은 여름 입김을 쏟아내고
속안까지 바짝 타들어가 휘젓더니
쪽! 봄을 빨아당기는 소리
매양 끝날 무렵엔 입안이 얼얼하다.

사루비아는 여전히
루즈를 바르고 있다.

첫사랑

쑥부쟁이도 잘 자라는 땅이 쭉 너부러져 있다.
아무도 오지 않는다.
바람은 한결 좋은 당신의 마음같이
이마의 땀을 훔친다 하여 땅거죽이 부드럽다.
그래서 나는 꿈틀거리며 싹을 틔운다.
새들이 날아와 노래하고
벌 나비 같은 것도 제멋대로 붙겠지
휘발유불같이 확 달아오를 수 있어도
다소곳이 비를 맞으며 줄기를 세우고
잎이 돋아나서 당신 앞에
활짝 꽃으로 다가서는 날
천둥 번개가 번쩍번쩍 소나기를 퍼부었다.
바람이 부드러운 당신 마음으로 불어 주어
내 모든 것 부끄럼없이 내보였어도
어느새 한 알의 까만 풀씨를 묻고
땅이 쭉 너부러져 있다.
햇빛은 제 하기 탓이라지만
차라리 땅 속에 저박힐 양이면
벙어리 굼벵이로 17년을 실아서리도
미루나무 한여름 목청껏 당신을 사랑한다고
매미 도와 울어나 봤다면
실컷 울어나 본다.

어느 단풍나무 아래서

해바라기 여문 씨를 잘 들여다보니
붉은 씨도 있더라.
고갈산 초원에 염소울음이 들리더니
푸석푸석 연기도 피어올리고
소주 타는 볼때기에 노을빛 들면
나는 어느덧 영도다리 난간에
슬픔을 절인 바닷내를 맡다가
김치공화국에 하나의 이름으로 등록한다.

늘 오르는 망월사 계곡에도
수많은 나무들이 울울이 서 있는데
마음속에 자라온 그 단풍나무는
가을날 유난히 붉은 단풍을 태우고 있더라.
나는 그 나무 아래 소주를 마시며
잎잎이 타는 단풍이 詩에 젖어나듯
문득 고추장 발린 산낙지 발이
기어나오는 것도 보았다.

겨울 진달래

칼날 쥔 북풍 속 어느 날
덧문마저 빗장지른 꽃밭이
두런두런거려 목을 내밀어 보니
볕바른 쪽에 진달래가 꽃을 피웠다.
아들 딸 낳고도 흉허물없이 부푸는 발기씨가
쭉정이가 되어 한 주일 겨우 낯을 세우면
아내는 몹시 귀찮아서 내다버리라는 성화에
도봉산 바람 잦은 돌바위 틈에 쑤셔박아 놓고
가랑잎 몇 장 덮어 두었다.
온갖 수심이 끼어들어 겨울비가 내린다.
날볕 좋은 골목에 온몸을 적시며
쏘아대던 물총싸움 놀이는 끝나고
밀짚 대롱에 벙글던 비누방울이 한 구름이 되어
안개꽃을 피우는 산길 따라
터벅터벅 망월사 절간에 들렀다.
주지 스님이 계곡 밑에
아무렇게나 내다 버린 젓나모*가
150년이나 자라서
하늘을 가득 찌르고 섰더라.

* 젓나모 : 전나무의 고어

매 혹

굴참나무 가지에 걸린 햇살은
어둠을 지우지 못하고
청설모 털빛에 감춘다.
긴 꼬리에 어리는
덧니 같은 추억은
부끄러운 듯 어머니 젖꼭지 물리고
연두빛에 젖어든다.
노을이 숨었다가는 숲속
배꼽 둘레만큼 씨앗들이 터져나와
비탈에 섰다.
과거를 검은 색으로 치장한 여자가
나무 속에서 나와
저녁 햇살을 모조리 먹어치우고
첫사랑 이슷한 긴 꼬리를
아삭아삭 나뭇잎 사이에 감춘다.
아, 또 놓쳤다! 나는.

숲

삼복의 숲에 잠기다.
목숨꽃 하나로 절이다.
개처럼 끌려 죽지 않는다면
푸는 바람이 뿌려 놓은
나뭇잎들이 모여 노을 들었다.
한낮의 숲속에 새들은 어디로 갔나.
짐승들은 어느 太古를 기어갔나.
가득한 사람이 더럽히는 歷史의 숲.
달래 무릇 키운 조선 흙을 섞어서
해맑게 씻어야 하는 여울목 하늘.
산꿩이 제자리에 와서 산꿩꿩 목청 푸득이게 하라
때까치가 때때때 방정맞아도
휘파람새 휘휘파람 마음 풀린다.
아, 또 소리없이 호랑나비
쭉 펴는 날갯짓
休戰線 금이 싹 지워지고
개불알꽃이 핀다. 며느리미씨깨도 붙는다.
금낭화 다섯 꽃주머니 꼭 채우고
은방울꽃 아침 이슬빛 눈을 뜬다.
歷史의 숲.
개치럼 끌려 주지 않는다면
큰 숲 그늘 속에

한오리 실낱같은 햇살로
자유로운 씨앗들이 터져나와
쬐끄마한 관목으로 자라도 살맛이 나서
숲이여 부르니
달래 무릇 새숨 붙여 하산하렷다.

숲에서 일어난 일

　겨울산, 혼자 망월사 골짜기 숲속에 들어가 보자, 휴일이 아니라 등산객은 좀처럼 보이지 않고 여럿이 어울려 등산을 할 때는 몰랐지만 내 발자국 내 옷깃 소리가 남의 것으로 들릴 때는 모골이 송연해진다.

　하늘도 새파랬다. 골짜기는 메마르고 바위는 시커멓게 잠들었다. 활엽수림이 잎사귀를 다 떨쿠고 아주 심심하게 눈구덩이에 발을 담그고도 아무 말이 없이 서 있었다.

　이때 나는 괴이쩍은 일을 목격했다. 순간 새파란 하늘에서 붉그레한 햇빛손들이 벌거벗은 고로쇠나무, 굴참나무, 졸참나무, 단풍나무 물푸레나무, 느티나무들을 애무하더니 금빛 혓바닥으로 온몸을 뜨겁게 핥는다. 나무들의 숨소리가 거칠어지고 아프리카 토인들처럼 몸을 뒤틀면서 괴성을 지르며 춤을 추기 시작한다.

　굴참나무 어떤 놈은 너무 흥분하여 왼쪽 뿌리 발을 뽑아 바위에 걸쳐 놓고 비스듬히 기운다. 졸참나무 어떤 것들은 몸뚱어리를 빳빳이 세우고 올릴 수 있는 팔들을 다 벌리고 줄줄 눈물을 흘린다. 큰 느티나무는 수많은 손가락을 뻗쳐서 하늘을 움켜잡고 음 음 음 신음을 하다가 커다란 바위를 붙들고 뒹굴듯이 고개를 떨어뜨린다. 모든 나무가 금빛 물결에 휩싸였다. 그러자 하늘이 파아란 알몸으로 와락 껴안는다. 가지 끝은 실핏줄이 놀아 뿌우연 정액을 뿜어낸다. 얼마 후 하늘은 저만치

새파랗게 물러나고 수많은 가지마다 붉그레한 햇빛 꽃눈이 트
이는 것이 보였다. 숲은 다시 적막에 빠져들었지만…….

희미한 꼬리 달린 달은 아직 내 사랑

아 글씨 월미도란 년이 인천 앞바다에 엉뎅일 까고
머리 얹고 들어앉은 지가 시방 사십 년이 넘었는듸
아직껏 월미도란 말이어. 하인천역에 내려서믄 시골
버쓰처녀 앞자락에 얌전히 월미도라 씌어 놓고 탔더니만
십분도 못 가서 다리도 안 건너구 선창가에 놓아뿌렸구먼
허기야 그게 뭐 죽 쑤는 거여
거제, 남해, 강화, 완도년들도 죄다 다리 타고
넘나든지 어제 오늘이 아니구먼 고년들 심뽀도 월미도년
뺨치고 바싹 붙어 지내고 싶어서 안달났는구만
그려그려 망월사 계곡 타고 오르내리던 보름달이
산길 오르며 죽어도 시집 안 간다고 눈 깜으라믄서
돌무더기 위에 사내돌맹이 냉큼 올려놓고 얼굴 붉히더니만
자운봉 내려선 길로 꽃가마 타고 내빼부렸으면 됐지
하필 인천 앞바다에 허여둥그럼 뜰 건 뭐여
봐요 저것들 언제 시집간데유. 작약도, 영종도,
용유도 떠 있는 바다 가리키며 히부죽 웃더니만
참말 내사 시집 왔구만유, 참말로 시집 잘 왔구만유.
산을 버리고 훌쩍 인천 바다에 뜰 줄 몰랐다며
외로운 갈매기만 날리더라.
아직도 산엔 혼자 달이 뜨것지요.
음 어쩌거나, 빈 마음이라도 망월사 계곡에
홀로 뜨겠지 ……

지야 이미 육지가 된 걸유. 우리 코스모스
유람선이나 타유. 긴 머리 풀은 영종도 처녀두유
국제공항 부잣집으로 시집가믄 또 육지가 된다는데……
우라질 섬처녀들 항구에 배를 대고
진창으로 달라붙어, 시바앙
바다 위에 한 소끔 떴다가 월미도 선창에 내려서니
갈매기는 날기사 지 목숨껏 날지만서도
아무렴, 어떨라고 잘 살어유…… 내사랑.

내 사랑 겨울 미루나무에 매달린다

미루나무 가지에서 떨어지지 못하여
매달린 겨울 내 사랑은
봄빛 좋은 날 초록에 묻혀
하늘에 발 벗어도 외롭지 않았으나
남들은 잘도 떨어져
낙엽으로 깔깔 굴러갔다는
消息 다 듣고서
끝물이 되어 낡은 외투를 꿰매고
속옷 벗어 이를 잡는 겨울 밤
몇 안 남은 대합실 손님들과
겨울 미루나무 가지라도 붙들고
불불 섰다가
너에게라도 달려가서 힘차게
사랑한다는 속말을 꺼내 주고
마지막 통사정을 할란다.

네 안에 나는 흐른다

—— 加恩

돌밭 가슴 속 희아리가 숲으로 가서
大河山을 흘러내려
깨끗한 돌항아리를 빚고 스스로 떠받든 물,
피아골을 쓰리고 온 이나 먹점골을 불리고
온 이나 사기막골을 흘리고 온 이나 모두가
한가지로 담아지는 가슴으로 넘쳐
龍湫를 이루리라.
너야 오너라 너도 오너라 너 또 와라
여기 가마소는 끓어쌓고 말씁소가 넘치어
무당소가 넋을 부르니 나는 이 벌바위로
춤을 추리라.
이 넓은 암밤에 새겨지는 아버지의 물 그
이버지 이버지의 물 이리랑 아리랑 깨끗이
얼굴 씻고 푸른 하늘 내려서 닦으면
말이 없어졌다. 생각이 없어졌다.
투명한 빛으로 모여
한소리로 담아올리고 담아내려 따뜻한
햇볕들과 물방울을 반짝이는 물살 하나로
쏼쏼 내 가슴에 담기어 찰찰 大河山……
네 안에 나는 흐른다.

보리밭 UR

Ⅰ

밟아다오.
짓밟아다오.
보릿고래 넘어온
모진 짐승같이 끓는 누어런
보리 익은 살내음 못 견뎌
엄동에 솟는 불칼꽃
웃자란 내 젖가슴을 짓밟아다오.

Ⅱ

아니 저년이 저년이
깊은 밤 창호지 문짝에
어리는 저년의 바람을 보릿대
살비녀 빼어 삼베 치마 풀어 놓고 우어우어
한사코 출렁출렁
젖가슴 저미며 뛰어가네.

Ⅲ

한낮 고요 속으로
땡볕 사물대는 뻐꾸기 벌거벗은
울음만 울려 놓고

빨갛게 울려 놓고
호이호이 보리 누런 파도
넘어서 울렁울렁
삼베치마 벗어내리고 자꾸자꾸
조선잠에 빠져들어 보릿대 누이고.

　　Ⅳ
헉헉 사는 숨소리 뜨거운
솜이불 밑,
동짓달 온돌이 달아
잉잉거리는 바람 전라도는
황토를 짓밟고
다시 불자는데
아니 저년이 저년이 또.

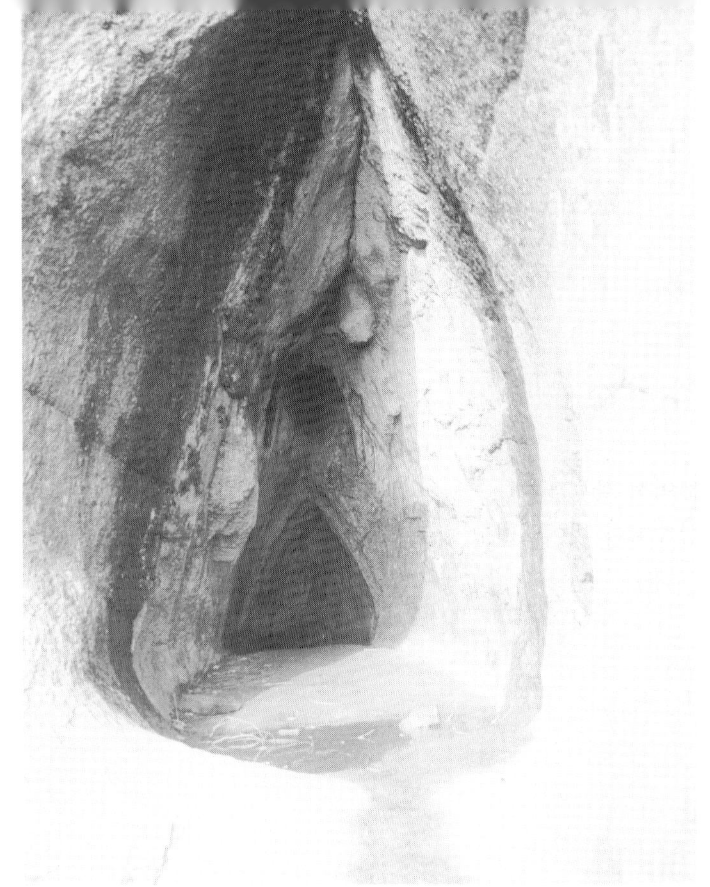

월출산 구정봉 아래 사는 마늘 女人
—임진왜란 때 피난온 여인들이 이곳에서 베를 짰다 하여 '베틀굴'이라 한다.

Ⅲ

수락산의 봄비

도봉의 끝자락 사패산(賜牌山)에 우뚝 솟은 이름 없는 바위

산을 업고 울었다

산을 업으니 몸이 울었다.
여리디 여린 이마가 맨 먼저 우나니
흐느낌은 목젖에 붙어
가슴 안골을 가득 찼다.
온몸을 세워 울었다.
나뭇잎이 흔들어 달랜다.
햇볕이 마르도록 볼을 부빈다.
그래도 저 무뚝뚝한 산바람으로
온숲을 헤매고 울었다.
새소리로 울었고
물소리로 울어서
온몸이 젖어, 젖어서 새로 살아
마르며 다시 젖어지는 울음의 숲.
아버지가 가고
어머니가 가고
그 두 분이 남긴 따뜻한 흙데미 속,
온몸을 흐느낄 때
또 산 하나가 우뚝
푸르게 다가와 업힌다.

가을 終着驛
—— 수타계곡別離

핫에미* 가을이 그예 화냥질을 그만둔 것은 참 잘한 일이라
더라 빠알간 제니파 죤슨의 뺨 물든 단풍잎으로 가을 눈물 흘
리며 이제는 겨울남편은 몰라도 봄딸이라도 보고 싶어 동짓달
로 돌아가겠다기에 멍청한 젊은 몽고메리 크리프트 가슴앓는
몸뚱어리 하나가 새벽바람 쫓아서 양평 쑥대머리고개를 넘어
서니 또 한바탕 가을 눈물이 쏟아지는구료. 윈도브러쉬로 닦
아도 닦아도 휘뿌연 물안개 눈으로도 핫에미 가을은 새뜻새뜻
막소주 태우는 볼때기로 거듭 눈물 붉히며 먼 산 먼 데로만 눈
을 돌리더라. 부랴부랴 끝없이 쫓아가 洪川 길바닥에라도 꽉
자빠지라더니 해장국 가을 햇빛은 아침 허기를 쬐끔 달래주고
허겁지겁 모두 수타계곡으로 데리고 갔다더라. 흐르는 강물은
다시는 아니 흐르려는 듯 가을 소리 가을 빛을 모조리 가슴으
로 쓸어안고 핫에미 가을 제니파 죤슨의 입술로 내뿜어 나도
모르게 뜨거운 입맞춤을 하고 말았느니 뛰는 가슴, 타는 단
풍, 몸부림치는 離愁의 빈 客車에서 온몸을 뒹굴어 나무는 나
무로 이파리는 이파리로 벗어지며 마지막을 부둥키고 물 속으
로 떨어지는 순간, 커다란 가물치 한 마리가 엎드리고 있어
제정신을 차리고 보니 가을 강물에 던진 투망이 다섯 손가락
을 쫙 펴 보이며 모래바닥에 끌어올린 가물치는 마냥 가물가
물거릴 뿐, 다시 정색으로 돌아온 제니파 죤슨은 계곡 위쪽
플랫폼에서 드디어 하오 2시 30분 물살짓는 계류열차에 올랐

더라. 물안개는 증기를 뿜으며 계곡 물소리 기적이 울렸다시
프이. 핫에미 가을은 객석에 앉아 제니퍼 죤슨의 젖은 눈을
글썽거리며 창밖으로 손을 흔드는구료. 몽고메리 크리프트 가
슴앓는 몸뚱어리가 강기슭을 따라 뛰어가다가 자갈밭에 엎어
져 고개를 들어 보니 어질어질 휘둘리는 계곡 상류 쪽으로 눈
두덩이 붉은 핫에미 가을이 한층 멀리 사무치더이다.

  * 핫에미 : 유부녀

들꽃 한 다발의 무게

칼봉산이 가평읍에서 그리 멀지 않은 곳에 숨어서 토종벌이나 치고 시린 계곡물 골 안개로 몸을 씻는 산골 아낙네 얼굴을 하고 있다기에 초가을날 한번 찾아갔습니다.

경방리 마을길 이쪽 저쪽에 밤나무 노오란 털북숭이는 아기 불알만큼 잎사귀에 숨어 토실토실 귀엽습니다. 감나무 퍼렁 것과 대추알 푸렁이들은 어미 젖가슴에 안겨 금방 젖을 떼고 난 입모양을 하고 눈만 깜빡입니다. 두어 시간 걸어 배씨 농가에서 시원한 물 한 사발 마시고 칼봉산 치맛자락에 숨어 있는 수락 폭포를 모두 보기를 원해 돌발길 이끼 미끌한 계곡을 우적우적 들어갔습니다. 폭포는 김수영의 폭포와는 달리 외줄기 야윈 눈물을 훌쩍거립니다. 덩달아 비는 뿌리고 땀은 솟는 대로 뻗쳐 바삐 되돌아서 회목고개를 넘어 칼봉산을 올라섰습니다. 칼바위 하나도 지니지 못한 정상은 운무에 쌓여 아무것도 보이지 않고 오똑한 표석만 외로운 바람을 묶어서 펑퍼짐한 산골 아낙 퍼진 엉덩이로 앉아 있습니다. 승안리 물안골로 들어가는 길은 수레길이 계곡 물 따라 내려가고 싶을 대로 내려갑니다. 길섶에는 들꽃이 천지 빛깔로 쌨뿌렸습니다. 구름들꽃 하늘들꽃 사람들꽃 땅들꽃 마타리 개망초 갈꽃…… 산길 수레길이 난생 처음 넓어서 우리는 들꽃을 한 다발씩 꺾었습니다. 속마음이 들꽃으로 드러났습니다. 어찌 숨어 있는 아낙이 칼봉산에만 있겠습니까 어찌 뿜어내는 물줄기가 수락폭

포에만 숨어 있겠습니까 한다발의 들꽃을 들고 집안에 들어서
자 아내는 칼봉산 마음만 받아들고 꽃무늬 항아리에 찬물을
붓습니다. 산속에 핀 들꽃 한다발과 집구석의 아내가 뭐 통하
는 눈짓을 몇 번 하더니 이윽고 제 얼굴을 자세히 쳐다보고는
빙긋이 웃을 뿐 이날만은 잔소리 하나 없었습니다.

火旺山 진달래

왕산아, 왕산아 잠도 깨어 자더냐
꽃빛살이 눈부셔 새소리 물소리 새벽눈을 비비니
아으으, 아으으 피빛이야 조선의 첫날밤 흰 속치마
이사월이사월 쏟아내는 지샌 달빛이야
홑이불이라도 덮어 주련만 임진란 쥐불 놓아 싸지르고
홀랑 벗은 몸뚱어리 엎드려 납작 엎드려 울제
대추볼 홍의장군* 홍포를 깔아 새로 피는 꽃들
소쩍소쩍 꽃불에 달구어진 목숨 휘어진 꽃길
환장고개에 늘어붙었네
속가슴 터져나와 속속들이만 보여주는 꽃의 가쁜 숨 짓눌러
환장개고 훌쩍 올라서니 오른쪽 볼때기만 붉어졌어라
아으으, 아으으 깨물어라
돌아가자 꽃부셔 돌아서 관룡사로 가자
절간 찬물 한 바가지 들이키고, 돌밭길 아주 거친 돌밭길 올라서
고른 숨 쉬렸더니, 애고 웬 변괴?
달래마늘 조선처녀들이 꽃불에 타올라 득시글득시글
좁은 산길 물질하네 우르르 꽃분냄새 조잘조잘
햇빛 쏟아내려 비탈길 돌부리 잡고 버텨온 노송 몸뚱어리
온통 붉어라 흩어지고 불어가는 꽃길 십리
옛소리 그른 소리 하나 없다네.

옛바람 솔바람 둘이 아니네. 아으으, 아으으
피빛이야 조선의 첫날밤 흰 속치마 이사월이사월
돌아와 쏟아낸
지새는 달빛이야.

＊ 홍의장군 : 임진란 화왕산전투의 곽재우 장군

굴뚝·1

民痛線 너와집 콧구멍은 살아 있다.
붉은 햇덩이가 왼종일 작약꽃입술
부비다가 어둠빛 벌린 서녁
누운 자궁 속으로 숨어든다.

새들은 깃을 접고 숲으로 날아들어
비로소 계곡 낮은 물소리 또렷이
읽히운다.

부슬부슬 빗방울 부딪치면 눈물
주르륵 흘러 아득한 어머니 억새풀
젖통을 젖시고

꼬물꼬물 손가락 연기 솟아
고사리 잎줄기 끝에 감기는 가느다란
고향 그을음 뿜어낸다.
북으로 자란 목아지가 사뭇 길었다.

굴뚝·2

어느 날
중년,
깜깜한 밤꿈 속에
목청껏 내어부른
아니 가슴 외쳐 뱉은 노래가
깨어 보니 카타리였다.

아직은,
고등학교 시절 서툰 오페라
한 소절에
끓어올리는
칸나 한 송이를
마저 잊지 못한다.

로타리 한켠으로 우르르
물오리떼들
목아지를 뽑아들고
하늘 부비는 붉은 상채기 !

누구의 얼굴을
온밤 캐내어

다시금
그 카타리가 하얀 새벽 허물을 벗고
한여름 빨가벗은 울음을
미루나무 쪽에서 쏘아댔다.

굴뚝·3

에티오피아가
에티오피아 얼굴이 미나리꽃이다.
연기도 없는 굴뚝들이
배때기 위에 불뚝불뚝 솟아서
우리 돈 만 원이면 석 달을 살 수 있다고
金惠子가 울며 불며
金浦空港으로 돌아왔다.
텔레비전 화면 밖에서
김혜자가 진짜진짜로 울었다.
사랑이 뭐길래 다시 울면
김포공항은 바다눈물이다.
훌쩍훌쩍 그 새카만 눈망울들
뚝뚝 떨어지는 굶주린 죽음도
짙은 검정색깔이라
검은 에티오피아 아이는 아직 가쁜 숨결을 내세우고
김혜자 커다란 눈동자 속에서
눈물나듯 살아나면
살아라 살아라
우리도 굴뚝키만큼 몽땅 솟아 버렸다.

소양호에서

갈대가
혜적인다.
5kg 마침표를 찍은
아버지
빈 자리에
해가 저문다.

산 그늘이 강물에
거무튀튀한 녹색 빛깔로
물밑 고향을 떠올리고 있다.

멀리, 산능선
물안개 위로 구름이 내려서면
잔물결 봄바람
소양강 물이 흐른다.

아직은 채 스러지지 않은
지난 가을 갈대숲 사이로
조각배 몇 척 흔들리는 듯
흔들리는 듯 해 저문
아버지

빈 자리에
5kg 마침표를
갈대가 헤적인다.

입 추

아프리카, 아프리카女人이 로타리에 숯불꽃을
피운다. 우두커니 유리창 밖 여름 입술은 빗물에
구겨져 멀쑥한 올림픽수영장 대기실에 버려진다.
"수영 안 할꺼야"
"맨스 중이야"
소나무 그늘에 방금 울고 난 눈두덩이 구름이
몰려드는 오후 2시, 한떼의 주부들이 버스에서
내려 수영장으로 쏠린다.
잔디풀이 촉촉하다. 솔잎 두 가닥이 언뜻 고양이
푸른 눈 하늘 쪽으로 빳빳한 수염을 세우고
붉은 혓바닥을 내둘러 여름이 푸석푸석
부서진다.
어허이 어허이 룸바바람이 일렁인다.
아프리카, 아프리카女人이 로타리에 숯불꽃을
피운다.
"춤이나 출까"
"맨스 중이잖아"
그러자 햇빛을 밀어내고 바짓가랑이에
立秋가 섰다.

새벽 바다를 깨물은 여자
—— 癸酉年 새 아침

어둠을 후루룩 한 그릇 국수가락으로 비우고
港口에 발 담근 포장마차 카바이트 불빛이
치마자락을 풀어 닭벼슬 춤을 춘다.
조선의 흰 모시치마에 자꾸 묻어나오는
새벽 바다 앓음, 앓음으로
돌숲에 숨죽인 동백이 피어난다.
금개미떼들이 몰고 오는 오백년 전 입술 깨물고
알몸 겨울이 붉다랗게 솟구쳐 오른다.
〈나에게로 곧장 달려와 안기려는가〉
황금사다리 끝에 사뿐사뿐 외씨버선 자국을
무수히 찍히는 판화 위로
붉은 해는 또다시 수평선을 쭈욱 끌어당긴다.

아, 봄비여 봄이런가

서슬 퍼런 겨울이 물러간
남새밭 울타리 가시는
녹슨 철조망과
마른 덩굴장미 줄기에 남아 있다.
봄비가 내린다.
녹물을 씻어 내린다.
마른 줄기가 부푼다.
봄비는 간호원이 꽂은 링겔 방울로
떨어져서
잊었던 지난 겨울전투를 이야기한다.
먼 들녘을 깨운다.
그 오랜 시련 속에
철조망과 덩굴장미가 이룬 울타리 가시는
봄비를 맞으면서
녹슨 채 굳어진 쇠붙이 것과
푸른 꽃뱀의 줄기를 뻗는 덩굴장미로
이제는 똑똑히 달리 보였다.

불암산 중계동 숲에 사는 마늘 女人 —속명 : 못된 바위

Ⅳ

불암산 개망초

불암산 학도암 가는 산길에 있는 못된 바위, 못된 소나무(?)

佛岩에서

온
세월
바위산
기어
오르다 매달리고

주저
앉다 내려서고
서울눈곱
바람

하늘 소나무
눈 비비고
눈 뜨니
돌부처

石泉庵
괸 눈물
맑고
靈 찼다.

玄關·

　환한 대낮, 포플러 잎사귀가 조금도 미동하지 않고 매미 울음이 뚝 그쳤을 때, 창밖을 내다보니 그가 섬뜩 와 있다. 쇠스랑 소리 쩔겅거리는 시퍼런 그림자를 끌고 현관 쪽으로 분명 그림자를 감추었다.

　매미가 꺼들꺼들 울었다. 포플러 잎사귀가 눈물처럼 줄줄 흔들었다.

　그는 아직도 현관에 머물러 있는가!

　나는 가만히 숨을 쉰다. 작년 서울 호박꽃들이 대치동 空閑地를 붙들고 몇 달만 살려 달라고 기어가며 피었다. 푸르딩 잎사귀 찌든 흰 햇볕이 짧은 생애를 비춰 준다.

　떠나도 아주 없어지게
　떠나는 그가
　지금 현관 앞에 있는 듯이
　머물고 있다.

봄 비

나는 그리움을
유리창가에 매달아
새벽빛 눈으로 바라봅니다.
어머니 하얀 안개 저고리 눈물
꽃가지에 맺힙니다.
겨우내 시커먼 손가지 벌려
하늘 바라던 내 욕심
그저 잘 되라고 잘 되라고
남서울 공원 묘지 흙먼지 떨치고
내 아들 잘 되는 모습 보고 싶어
봄비 속에 곱게 오셨군요
어머니 눈 뜨는 꽃눈 앞에
세상도 눈물 짓습니다
집구석 어디에도 이제는 아주
자취를 감추어도
안방 봉창 넘어 지저귀는 새벽 봄비 소리를
듣습니다 듣습니다
더구나 베란다에는 어머니 제라늄이
한겨울 사뭇 붉게 피어올라
그리움이 겨우내 마음 빈 가지
흔들더니

이제 실컷 봄비가 내립니다.
어머니 등뒤에 옛 호롱불로 흐릅니다.

영안실

오매 영산 잡것.
똥독 오른 호박 하나 떼구르르
국화꽃밭에 뛰어 들어왔것다.
뉘 샛 귀신인가.
한여름 낮볕 데워 낮거리 꿈꾸다가
불똥 튀겨 구르르 구르르
삽상, 서늘한 냉수 떠놓은 곳
여기 좋아 온 것 아니것소
염라대왕님은 너그러이 용서하소서
강을 건너도 한창 낮강이라 너무
깊지 않게 조신할 일, 밤강이라면
노는 달을 심심히 껴안아 보는 건디
그대는 몇 번 영안실을 더 들랑이다가
멀리 강바닥을 잘 들여다보고
조약돌을 쌓을진대 향끄름 묻은
국화꽃밭 시진은 무에 그리 급했던가
두번 무릎 꿇이 절히고 한번 더 굽혀서
바깥으로 나가 퇴주나 몇 잔
더 들라하지 않소. 예! 예! 예! ……

독 촉

시간에 맞추어야 한다.
그 위대한 약속은 지켜야 한다.
빌려간 빚은 그 날짜에 맞추고
주문한 것은 그 시각에 맞추어야 한다.
더러는 살살 달래고 빌면서
딴전을 부리면 더욱 성화 같다.
시간이 흘러서
있던 것이 없어졌다.
없던 것이 또 생겼다.
잠시 머물면서 오도방정 다 떨더니
그해에도
개나리꽃 지고
진달래꽃 지고
목련꽃 다 지고 나니
이파리가 돋아났다.
젊은 날에는 꽃이 먼저 피고
늙은 날에는 잎이 먼저 가려 주는데
오늘도 붉은 얼굴의 독촉에
짓눌려 쩔쩔매는 시늉 거동 좀 보소.
"예! 예! 곧 묘지로 모시겠습니다."

장미입술 위로 기어간 사내

처음 꽃망울이 春香이 때깔들자
그 중 발빠른 빨랫줄 햇살이
줄기에 고여붙어 발그라니
콕 젖가슴을 찔렀다.
피흘리네 피흘리네
황금벌레가 네 입술에 기어들어
흰 속치마 풀린들
늦잠 자고 하품을 한들
연지 바르지 않아도
네 가까이 다가서면
참 눈물이어라 참 눈물이어라
어둠이 들어 다시 깨어난 아침,
꽃잎을 지운 그늘 아래
꽃을 먹은 나방이 한 마리
흰 빨랫줄 햇살에 목매 달다.

새벽 운동장을 뛰며 돌며

경기도 양평쯤 들길에나 허술히 놓여 있을 논두렁 밭두렁길들이 강남구 대치동 대명중학교 운동장에도 와서 교문을 활짝 열고 새벽마다 사방팔방으로 질펀히 엎드려 있습니다. 아무나 밟고 지나가는 어리석은 시골 땅, 옛 어머니 등허리처럼 늘 업히라고 합니다. 서울 한복판에 이런 운동장은 이른 새벽 일억 원 돈뭉치로 떨어져 있어도 아무도 줍거나 다투지 않습니다. 나는 우러러봅니다. 이 땅은 무엇이든 들어줄 土地神이 있어 매일 새벽바람 쫓아 운동장을 뛰며 돌며 춤을 춥니다. 어렵사리 쉰 살의 건널목에서 10여 년이나 몸 속에 붙어 있는 당뇨귀신 고혈압귀신의 노여움을 풀어 달라고 열심으로 뛰었습니다. 이마를 비비고 발다닥을 구르며 가슴을 소리치며 몸을 흔들어 열심으로 열심으로 뛰면서 빌었습니다. 어느 날 큰 새벽, 운동장 마음 저편에 한 줄기 신선한 바람이 일고 가뭇한 안개 나이 걷히더니 아무도 없는 환한 운동장 한가운데로 이 학교 중학생이 뻘뻘 뛰고 있습니다. 나는 깜짝 놀라 정문 옆 거울 앞에 내 전신을 들여다보니 그 어린 중학생으로 빙긋이 웃는 모습도 보였습니다.

목련, 목련, 목련꽃 봉오리

어느 봄날 계룡산
한 바퀴 삥 돌아 내려왔지
오뉘탑 햇빛
눈물로 말갛게 씻고
옛날의 금잔디고개 진달래
하얀 바람 혼자 뒹굴고
아직도 자연성릉 넘지 못한
첫사랑 꽃바람
철없이 울다 가네
은선폭포 가는 너덜경을
사뿐히 밟고
흔들리는 돌덩이에
내 몸 붙여 세울려니
오금이 저리다 물이 되네
목이 마르다 기웃기웃
동학사 승가대학 뜰안
우물물 한 바가지
시뻘건 불탄 얼굴 벌떡거리다가
눈을 뜨니
목조 난간에 씽긋 웃는 듯한 비구니와 눈을
딱 맞추었네

목련, 목련, 목련꽃 봉오리.

아프리카, 아프리카 봉선화야

그 運命的 이름은
지구의 어느 울밑이 아니드라도
아프리카 꽃씨를 영글고
조선땅에 발붙어
여름날 검은 맨발로
봉선화라고 불렀다.
자세히 지구를 들여다보면
아프리카 봉선화와 나는
전혀 닮지는 않았지만
어느 쪽이 아파도 아주 잘 아파 왔다.
가령 소말리아 뱃가죽이
등때기에 바싹 붙어서 타오르는
열대의 솥검댕이에 늘어지면
인간북어를 실은 수천의 트럭이
黃土 먼지 속으로 사라져 간다.
아, 전라도 어디쯤
쩍쩍 갈라진 日帝末期 논바닥에
늘어진 내 몸뚱어리가 실려 나오듯
태양이 비추는 가장 처절한 苦痛, 아프리카
아프리카 아리랑이
이 땅에서
아프리카 봉선화를 피울 줄이야.

노오란 잠수함

거품이 일자
글라스에는 노오란 잠수함이 떴다.
〈그래 너처럼 순진한 놈이야 뭐
별수없잖아 쭉 들이켜〉
잠수함이 발진하자
쭈욱 계곡 높은 곳에서 깨진 독
바다 밑으로 연신 퍼부었다.
〈난 뭐야 헛물만 켜고
그놈 좋은 일만 시켰지〉
거품은 계속 솟아 오르고
글라스 500c.c.에서 1000c.c.로
수많은 잠수함이 발진한다.
포탄 발사 !
〈그 쌔끼는 나쁜 노옴이야
그런 노오옴은 버얼써 죽었어야 해〉
시한폭단을 물은 수많은 戰士들이
노오란 잠수함을 타고 대지농 불 밑
바닥에 나동그라져 있다.

개망초가 피더라

———— 마음이여
애당초 참새 한 마리도 진절머리 내드라
밥풀데기 쫓아 쫑쫑, 콘크리트 바닥에
코피 흘리고 눈알 돌려 살살 파수 보며
낟알 하나 더 먹으려다가 농약 뿌린
벼를 먹고 죽는 목숨, 허수아빈 줄 알고
마음놓고 있다 사람이 쏜 총알에 맞아
죽은 세상

———— 넋이여
깊은 신속으로 의연히 날아가
소나무가 될까나 별이라도 될까나
한참 연못에 빠진 하늘 속을 날다 보니
흙탕물 속에 검붉은 뿌리내리고 깨끗이
연꽃이 되었다. 험한 세속 떠나지 않는
맑은 꽃이 되었다
여기 네가 싼 똥 밑에 개망초가 피더라
아주 한 자랑 옛말하는 분꽃도 피더라

젊은 것들을 아부하며

눈을 뜬 햇빛 아래서
온갖 것 다 사그라진다 해도
마음 하나 젊어
풋 사리로 남았었네
오는 봄 진창 밟고
아흔아홉 굽이 돌아왔어도
아직 지팡이 짚고 오지 않았네
내게도 남은 서넛 이빨
틀니 끼어 젊음에 아부하니
굳이 산다는 것들을
이 봄 부득이 진달래꽃, 개나리꽃
가슴짝에 척 얼려 붙여 놓아
으스러지게 봄밤이나 껴안아 본다
아 껴안아 본다네.

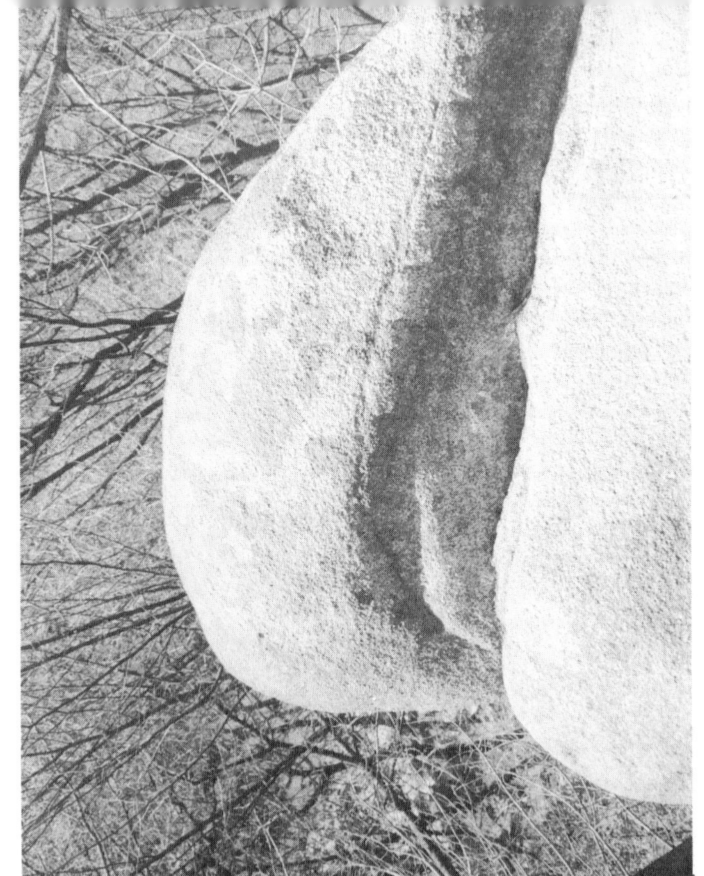

삼막사 칠성각 앞에서 사는 마을 여인 —속명 : 여근석

V

관악산에서 저 월출산까지

삼막사 칠성각 앞에 마늘 女人과 마주 보고 사는 가장 행복한 남자
바위 중에 선바위 —속명;남근석

테헤란로 소나무

테헤란로 현대백화점이나 인터콘티넨탈호텔 앞에는 소요산이나 속리산에서 새소리 물소리 기울며 살던 꼬장꼬장한 소나무 여럿이 끌려와 아랫도리 벗은 시골 아이 사타구니 가리고 엉거주춤 서 있는 꼴로 대리석 화단에 살고 있습니다. 어느 날 백화점에 들어간 아내를 기다리며 화단을 들여다보며 어떤 소나무는 자동차 매연에 기침을 몹시하며 초췌한 턱수염을 흔들고 어떤 소나무는 자동차 소음에 잠을 못 자서 꺼칠한 껍데기를 뜯고 있었습니다. 한밤중 헤드라이트 불빛에 몽유병이 돋아 백화점이나 호텔 꼭대기에 올라가 엉엉 울기도 했답니다. 나는 불끈 두 주먹을 쥐고 속리산이나 소요산 한자락을 뚝 떼어와서 테헤란로에 부려 놓으면 소나무들이 푸르른 산속에 젖어들고 현대백화점이나 콘티넨탈호텔빌딩도 흐르고 시냇가에 아랫도리를 벗고 물장구 치고 가재를 잡고 놀 때, 그 고추가 얼마나 클까 킬킬 웃음이 터져 나와 애 소나무야 시골뜨기 소나무야 서울 테헤란로에 와서 무척 고생은 하지만 더러는 이 멍청한 시인으로 하여금 어린시절을 이런 길바닥에서도 돌이켜 주니 그래 제발 오래만 살아다고 빌었습니다. 내 아들과 또 그 아들도 돌이킬 수 있을 때까지 푸르게 살겠답니다.

대모여, 아 대모여!
구룡아, 너 아직 살아 있느냐?
—— 다시 우리들은 대모산을 먹어치웠다

봐라, 아 올라와서 내려다봐라
대모산 꽃들이 뼈다귀로 뒹굴었다.
구룡산 참나무 살가죽을 벗겼다.
살점 다 떨어진 곳, 헌데가 덕지덕지 막아
마지막 논개 붉은 피 절개를 뱉었다.
강남구 개이빨이 날카롭게 으른다.
둘레둘레 나치 아파트 군단의 군화소리
우렁차게 다가왔다.
일원동 느티나무가 무너지고 수서 소나무가
짤렸다. 쟁골마을 향나무가 산속으로 숨어들고
세곡참나부늘이 무참히 총살당했다.
포이동 감나무는 꽁꽁 끌려갔다.
남쪽 등성이는 춘향이 허리뼈 휘어서
밸꺼정 먹어치웠다.
우우 남북 골짜기 동서 밭머리 비닐딱정떼군이
바짝 달라붙었다. 문화주택 독가스가 숨어들었다.
사하라전투에 겨우 살아남아 까맣게 쩌든
졸참나무 소나무 아카시아들이 오늘도 부들부들
노을을 타고 아프리카 흑인춤을 추면
흰이빨 고여드는 눈물 서산 너머 흘러간다.
씨근펄떡 콘크리트구멍 구멍으로 공해가 뿜어나와

대모산 허리춤 잡고 시커먼 가래구름 뱉고 누웠다.
눈 뜨면 어느 귀퉁이가 또 송두리째 짤려 나갔다.

차라리 플라타너스에게 명예퇴직을

대치동 네거리에 서 있는 플라타너스는
순박한 서울시 가로수공무원이다.
어느 종묘장에서 채용했는지
어느 시골 밭두렁에서 특채했는지
20년 이상 한자리에 근무했으면
장기근속공무원이다.
시장이든 구청장이든 시민단체든
그들에게 근속표창을 주고 서울 시민들 앞에서
눈물 어린 공로패라도 수여해야 한다.
플라타너스만큼 오염된 서울 하늘 아래
푸른 공무원 있으면 나와 보라

플라타너스여
차라리 우리 명예퇴직이라도 하자
그 꼬락서니가 시끄럽고
그 목숨 가납사니 같구나
어느 날 너희들 모가지는 톱날에 싹뚝 짤리고
팔때기는 왜낫에 찍히었다.
그 몇 푼의 돈을 받고 시키는 대로 마구 짓밟는
로봇들의 허망이 너무 잔인했구나
발을 뽑고 남산 소월시비 근처라도 뛰어나갔으면

시낭송이라도 하고 살지
전봇대, 가로등, 빌딩 간판
낯짝들만 뻔들거리는
비정의 대치동 서울 거리에서
순박한 너의 마음은
이제 한 뼘의 그늘조차 드릴 수 없어
푸른 불 붙은 몽당촛불이 되어
또 한번 그 거리에서
활활 우짖던가.

시내가 흐르는 양호실

　우리 학교 양호실 한 구석에는 이쁜 양호 선생님과 푸른빛 선생님 서넛이 파라호 근처에 흐르는 시냇물 한 웅덩이를 떠메고 와서 피래미, 납자루, 버들치 새끼들을 풀어놓았습니다. 고놈들은 와글와글 떠들며 오케스트라를 연주합니다. 그러다가 앙징스런 머리를 곧추 세우고 퉁퉁 튀기며 솟구치거나 꼬리 지느러미를 좌우로 흔들어 쏜살같이 뛰어가거나 아주 조용히 양호실 침상에 배를 깔고 쉬고 있기도 합니다.

　넓지 않은 운동장에는 서울대, 연·고대를 제 형 따라 척척 들어가는 부고 학생들과 산업체 의젓한 역군이 될 공고 학생들과 뿔난 송아지 하늘 언덕 비비는 부중 학생들이 가로 세로로 뛰고 있습니다. 더러는 눈을 부라리고 흰 이빨이 부딪치고 엎어지고 하더니 한 물 속에 흐르는 새끼 물고기들과 서로 머리를 맞대고 살살 휩쓸리며 오케스트라로 잘도 지냅니다.

　우리는 서로 마음이 갈라지고 생각이 쪼개지면 양호실 한 구석에 흐르는 시냇가에 가만히 앉아 어린 물고기들이 깔깔거리는 웃음소리를 듣습니다. 한 곳으로 우르르 몰려가고 몰려오는 물고기떼들 속에 조금도 부딪치거나 소리치지 않을 서로가 서로를 도시에서 사는 법을 자꾸 배웁니다.

야아들아 어디메로 갔니

— 함경도 방언시

철조망 녹슨 동삼*이 틈서리에
넝쿨장미 줄거리가
푸른 꽃배미를 풀어놓다.
비록 아스팔트 질바닥이지만
초매*를 펄럭이며
야아들아 어디메로 가니
대치동 거리거나 도곡사거리에
삭발한 버즘낭기는 전봇대를 보는
눈빛이 달라진다이
블록담을 쌓은 이웃 골목은
개나리 노오란 소맷자락에 끗끼어*
천지꽃* 얼굴 수줍게 짬빨가지고*
목련 하얀 떡마음 한 접시 나만 받을 수 없습꾸마
이 사월 이 사월 야아들아 어디메로 갔니
논두랑 밭두랑 가리매질을
검정초매 펄럭이며 뛰어가던 그 질로
순네야 인이야
천지꽃, 개나리, 목련은 대치동에 당거왔어도
해바나 ㄱ 얼굴 ㄱ 빛쌀도 피고 있다이
야아들아 어디메로 갔니
안개비 내리는 사각 노래방은

어부재기 된다이.

삭발한 대치동 버즘낭기*는

스나* 눈을 잘 맞추어 바래미가난 에미나*라고
머리칼 깎이고 쫓겨난 버즘낭기 순네가
이 시대 대치동 그랜드 백화점 장거리에
불불 울고 서 있습구마.
시장님은 좁은 질바닥에 전봇대 큰 언니와
가로등 작은 언니, 막둥이 버즘이를 한 줄로 세워서
서울 시민을 돌보게 했습구마.
버즘낭기 가지가 뻗쳐서 휘영청 푸르러
온 장안 선스나* 각띠를 끌겨 내렸음 둥
남정네* 허물어 무허가 새 장가를 지었음 둥
이거 봅쎄, 그 옆에 꼬소하다고 모가지 쭉
밀어올리고 하늘 흘기는 뱁새 누깔 전봇대 큰언니
귀고리 건드린다고
얼그망채* 낯짝 내밀고 누까르 깜빡이는 가로등 작은 언니
얼굴 가린다고
다 큰 간나* 산단 같은 자부뎅기*를
춘향이 그네 타고 풀어놓은 머리끼*를
싹뚝싹뚝 짤라 버렸습찌비
애옥실이 대치동 북망산 가는 길에 나를 놓아 둡쎄
제 숨 제 가슴 한번 페보기오
죽어보고지고

죽어보고지고

봄. 散策 5 題

— 시인 백우선의 만보^{漫步}

1. 백 암

풍성식당
아줌마 순대
국밥
배불러
한 그릇
뚝딱
숟가락 놓고
백암양조
막걸리
불룩배
서말도
서럽다
가
는
봄.

2. 한택식물원

못 가본
나는
깽깽이풀
듣고
이택수원장
속마음
홀아비꽃대
둘레둘레
노랑할미꽃
노랑제비꽃
이 환한 봄낮
곤달비
가슴치는
미치광이풀
웃다.

3. 김수찬의 고향집

부모님 곁
조롱조롱
강아지들 모여
잠시 외롬 더시고
돼지삼겹살
가마솥
아궁이불 지펴
숯불구이
아가리
넓죽 아가리
배추, 상추, 풋고추
고추장
한봄을 싸서
우적우적
씹다.

4. 鳥飛山

청설모도
암자에서
내려오고
살구꽃
벚꽃
구경 나온
조비산
약수
보살님
롱다리 이끼(?)
바위 속
환한
진달래꽃
토끼똥
붉다.

5. 박영덕 화랑에서

봄이
도시의
줄기에서
아스팔트 잎을
그리고
박영덕 화랑에서
방혜자 귀국전
봄비를
담는다
마음의 등불
대지의 빛
별밭
. . .
. . .

솟는다, 꿈.

아스팔트에 뒹구는 휘파람

出勤! 出勤! 出勤! 후줄근
눈 뜨면 개미 쳇바퀴 。
돌아오는 돛배 하나,
허우적 허우적 물살 헤친다.
포르르 방개 물질도 해서
도달한 아침, 빈 의자 눈물난다.
엉덩이 붙이면 쩔쩔 기면서 딱딱거리기
반질거리는 남루한 양복쟁이
구내식당 1700원짜리 백반을
20해를 물리며 꾸벅꾸벅 먹는다.
바람아 낡은 서랍 속에
스스로 뻐꾸기를 잠을쇠로 잠그고
退勤! 退勤! 退勤! 退酒盞 한잔 서러워 두잔 열잔……
다시 길 위에 비틀 섰다.
어렵구나.
걸어가는 그 길은 그나마 짧아지고
걸어온 쓸모없는 길 아득히 뻗쳤으니
목청 가다듬어
어디쯤일까
길을 걷는 자여, 서랍 속에 휘파람이나 꺼내 불자.

아파트 군자란

커다란 콘크리트 花盆이다.
시키는 대로 다소곳이 자라는
아파트 군자란은
늘 제도의 눈빛에 움츠리고
그의 품안에 이파리도 사뭇
아양을 떨다.
우리 콘크리트 안온한 構造物 思考
화분 덕분에 살아온 나와
관음죽 큰 스님, 벤자민교수, 제라늄 붉은 꽃들…….
일제히 제 살 찢고
양심선언하다.
저 들판의 그리운 들쥐
귀여운 들고양이
말붙일 들비둘기
하늘, 하늘들국화
그 맑은 야생의 들샘을 마시다.

나는 월출산 초승달로 떴것다

나는 죽어서
꿈에라도 새로 태어난다면
모든 것 다 썩어 없어져도
왼쪽 눈 가늘게 실눈 하나 불씨로 남겨
월출산 초승달 떴것다
살아서는 몰랐었네
가도 가도 이 땅이 아름다움인 줄을
봐도 봐도 이 땅에 사는 사람들이 아름다움인 줄을
이 땅에 사는 사람이 제 땅에 얼굴을 보고
새삼 아름다움에 소스라친다네
홀로는 못 살겠네
죽어서도 혼자는 못 살겠네
무덤은 오순도순 공동묘지를 이루고
혼령이 뒤섞여
나주평야에 뒹굴던 돌멩이들이
차이고 굴리어 실눈을 떴다네
살아서 강바람이 좋으냐
개울가 늪 속에 갈대숲을 흔들고
살아서 산바람이 좋으냐
미왕재 억새밭을 서걱이고
살아서 살바람이 좋으냐

초당에 누워 대숲을 흔들고
이도 저도 역마살이 돌아서 土末에 나뒹굴어도
해송으로 한 무리 어울리더니
땅끝의 빈 조각배 달빛으로 실어내어
월출산에 부려지니 모두가
부처바위이고 모두가 신령스러운 動石이라
살아 있는 靈岩의 무리로다.

해설 ■

산에서 만난 융즉의 세계

이만재

산에서 만난 융즉의 세계

李 晩 宰 (詩人·文學評論家)

시는 정신세계의 꽃이다. 그리고 영혼의 정수인 것. 그러므로 시인의 혜안은 융즉의 세계를 넘나드는 것이다. 가시적인 현상에서 불가시적인 현상을 유추하고, 그 내면의 정안수를 떠올리려는 노력에 몰두하는 사람이 바로 시인이라고 하겠다.

최 시인은 30년 술을 마셨고 15년 등산했다고 한다. 그래서 이따금 필자에게도 산에 가자고 권하기도 한다.

그의 시에서 나타난 산은 대개 북한산, 도봉산, 칼봉산, 불암산, 고갈산, 대하산, 소요산, 계룡산, 월출산, 속리산, 대모산, 조비산, 그리고 통일이 되면 가장 먼저 가고픈 백두산, 금강산, 묘향산 등이다.

최 시인의 호연지기를 보여주고 있는 이 시집의 대표적인 작품을 살펴보기로 하겠다.

나는 죽어서
꿈에라도 새로 태어난다면
모든 것 다 썩어 없어져도
왼쪽 눈 가늘게 실눈 하나 불씨로 남겨
월출산 초승달 떴것다

······ 중략 ······

초당에 누워 대숲을 흔들고
이도 저도 역마살이 돌아서 토말에 나뒹굴어도
해송으로 한무리 어울리더니
땅끝의 빈 조각배 달빛으로 실어내어
월출산에 부려지니 모두가
부처바위이고 모두가 신령스러운 동석이라
살아 있는 영암의 무리로다.

—「나는 월출산 초승달로 떴것다」의 일부

······ 속마음이 들꽃으로 드러났습니다. 어찌 숨어 있는 아낙이 칼봉산에만 있겠습니까. 어찌 뿜어내는 물줄기가 수락폭포에만 숨어 있겠습니까. 한 다발의 들꽃을 들고 집안에 들어서자 아내는 칼봉산 마음만 받아들고 꽃무늬 항아리에 찬물을 붓습니다. 산속에 핀 들꽃 한 다발과 집구석의 아내가 뭐 통하는 눈짓을 몇 번 하더니 이윽고 제 얼굴을 자세히 쳐다보고는 빙긋이 웃을 뿐 이날만은 잔소리 하나 없었습니다.

—「들꽃 한 다발의 무게」의 일부

인용한 시에서 극명하게 나타난 최 시인의 자연관, 즉 물아일치의 사상, 애찬의 형상화를 엿볼 수 있다. 특히 산에 오르는 것은 사막화된 도시생활에서 일시적이나마 황폐하고 오염되어지는 인간의 본성을 정화시키는 삶의 방법으로 끌어올리고 있다. 시 〈나는 월출산 초생달로 떴것다〉에서는 월출산을 한밤내 훔쳐보듯 한 희원을 그렸고, 시 〈들꽃 한 다발의 무게〉에서는 칼봉산에서 접한 들꽃 한 다발로 부인의 마음까지 환하게 동화시켰다. 위 두 편의 시는 인간과 자연을 접목시킨 합일사상이 두드러진다.

…… / 월출산에 부려지니 모두가 / 부처바위이고 / 모두가 신령스러운 동석이라 / 살아 있는 영암의 무리로다 / …… 에서 바위를 단순한 물성(物性)으로 보지 않고 심성(心性)으로써 인격화시켰다는 점에서 주목되어진다. 구도자로, 신(神)으로 살아 움직이는 무리로 종결한 이 시는 산속 깊숙히 자리한 사찰에서 득도에 정진하는 수도승이 간혹 남긴 선시(禪詩)와도 흡사하다. 고고하면서 순결하고 세속에서 벗어나 삶과 죽음을 초월한 영원성을 느낄 수 있다.

무생물에 호흡을 느낄 수 있는 점을 일컬어 가히 시인의 당위성일는지 ……. '산속에 핀 들꽃 한 다발과 집구석의 아내가 뭐 통하는 눈짓을 몇 번 하더니 이윽고 제 얼굴을 자세히 쳐다보고는 빙긋이 웃을 뿐 이날만은 잔소리 하나 없었습니다 ……'에서는 최 시인의 순진무구한 시선을 발견할 수 있다. 산이 좋아 휴일마다 산에 오르는 남편이 때론 곱게 보이지 않을 때도 있을 것이다. 그런 아내에게 미안감을 갖고 하산하면서 들꽃 한 다발로 아내를 말없는 말로 달래는 넉넉함을 보여 주고 있다.

다만 혼자 머리속에 북한산 모습이 살아와서
가만히 구름에 젖어들게 하듯이
살아가는 것이란 훌훌 털어
산길 가듯이 스쳐가는 것이라고
가슴에 먼저 가신 님이 남아서

돌뿌리에 채이고 바람 속에 묻히어
넘어오는 깔딱고개에
새털구름으로 머물기도 하지 않겠느냐고
돌아보면 풀꽃들이 햇빛미소를 짓더이다.

—「산을 올라서면」의 일부

우물물 한 바가지
시뻘건 불탄 얼굴 벌떡거리다가
눈을 뜨니
목조 난간에 씽끗 웃는 듯한 비구니와 눈을
딱 맞추었네

목련, 목련, 목련꽃 봉오리

—「목련, 목련, 목련꽃 봉오리」의 일부

  자연, 특히 산의 서정에 흠뻑 젖은 서정시다. 최 시인은 지독하리만큼 등산광이다. 그 까닭은, 15년 동안 꾸준히 등산한 탓이라고 했다. 그리고 이 시집에서 보여주듯이 자신이 직접 촬영한 사진들, 남녀의 성기를 빼어닮은 사진만 골라 선보이고 있어 새삼 생경감을 자아낸다.

  인용한 시에서는 최 시인의 삶의 철학, 관조적 자세를 찾아볼 수 있다. 시 〈산을 올라서면〉에서는 자연의 초연함을 노래했고, 시 〈목련, 목련, 목련꽃 봉오리〉에서는 비구니의 청순함을 목련꽃 봉오리로 비유하며 노래했다. 아마도 최 시인의 가장 믿음직한 벗은 산이고, 산 속에 있는 그대로 모든 것, 즉

생물이든 무생물일 것이다.

가식과 오만과 불신이 없는 자연을 항상 가슴에 품고 있다고 해도 과언은 아닐 것이다. 그의 인품처럼 모나지 않고 겸허하고 변덕스러움이 없는 자연의 일체를 사랑하고 존경하는 것인지 모른다. 모름지기 개인마다 취미가 다르다. 혹자는 격렬한 운동을 하거나 관람하기를 좋아하고, 또다른 혹자는 틈만 나면 화투를 즐긴다. 그러나 최 시인은 산과 인연을 맺고 산의 선남선녀를 마음으로 만나고 사진으로 만남으로 자아의 참신성을 가지게 되는 것이다. 그가 산을 기다리는 것처럼 산도 그를 절실하게 기다린다. 그래서 최 시인의 모든 심상은 인위적인 것이 아니고 자연발생적이며 원형적인 것이다. …… / 돌아보면 풀꽃들이 햇빛미소를 짓더이다 / …… 에서나 …… / 목조 난간에 씽끗 웃는 듯한 비구니와 눈을 / 딱 맞추었네 / …… 처럼 즐거움의 만남인 것이다.

테헤란로 현대백화점이나 인터콘티넨탈호텔 앞에는 소요산이나 속리산에서 새소리 물소리 기울며 살던 꼬장꼬장한 소나무 여럿이 끌려와 아랫도리 벗은 시골 아이 사타구니 가리고 엉거주춤 서 있는 꼴로 대리석 화단에 살고 있습니다.
　…… 중략 ……
어떤 소나무는 자동차 매연에 기침을 몹시 하며 초췌한 턱수염을 훑들고 어떤 소나무는 자동차 소음에 잠을 못 자서 꺼칠한 껍데기를 뜯고 있었습니다.

　　　　　　　　　　　　　　—「테헤란로 소나무」의 일부

일원동 느티나무가 무너지고 수서 소나무가

잘렸다. 쟁골마을 향나무가 산속으로 숨어들고
세곡참나무들이 무참히 총살당했다.
포이동 감나무는 꽁꽁 끌려갔다.
남쪽 등성이는 춘향이 허리뼈 휘어서
밸꺼정 먹어치웠다.

   —「대모여, 아 대모여! 구룡아, 너 아직 살아 있느냐?」의
일부

어느 날 너희들 모가지는 톱날에 싹뚝 잘리고
팔때기는 왜낫에 찍히었다.
그 몇 푼의 돈을 받고 시키는 대로 마구 짓밟는
로봇들의 허망이 너무 잔인했구나
발을 뽑고 남산 소월 시비 근처라도 뛰어나갔으면
시낭송이라도 하고 살지.

   —「차라리 플라타너스에게 명예퇴직을」의 일부

위 시들은 자연보호, 특히 수난을 당하는 나무를 소재로 한
비판의식이 강하게 표출시킨 작품이다. 산에서 산새들의 보금
자리가 되어야 할 소나무가 얄팍한 인간들의 눈요기가 되어
공해에 시달린다든지 개발이라는 미명 아래 마구잡이 벌목되
어 가는 삭막함을 탄식하면서 원망의 눈빛이 속속들이 차 있
다. 자연이 없었다면 인간이 태어나지도 못했을 뿐 아니라,
태어났다 해도 생존할 수 없어 즉시 고사되어 버렸을 것이다.
비단 인간뿐만 아니다. 이 지구상의 수많은 생명체도 그러하
다. 자연훼손은 바로 생태계의 위협이며 자멸인 것이다. 전시

행정으로 고귀한 자원을 파헤치고 쓰러뜨리는 것은 바로 인간의 생존권을 포기하는 것과 다름이 없다. 인간이 물 속에서 살 수 없고 물고기가 땅 위에서 살 수 없듯이, 식물 생태학으로 보아 같은 자연환경에서 자라는 식물의 무리를 군락이라고 한다. 소나무는 소나무들이 있는 곳에, 대나무는 대나무들이 있는 곳에 자라기를 원한다. 그리고 그 속에는 그런 숲을 좋아하는 동물들이 서식한다. 우리의 삶도 이러한 연결고리에 속해 있다. 인간은 개체로써 생존하고 있으나 실상은 집단 속에 공존하고 있는 것이다. 여기 말하고자 하는 집단은 단순한 인간의 무리를 뜻하는 것은 아니다. 인간이 생존하기 편리한 자연환경도 포함되는 것이다. 인간에게 많은 혜택을 주는 자연환경, 그 속에서 모든 에너지를 제공받고 번영을 꾀하므로 무엇보다 소중한 것이다. 산이 앓고 나무가 앓고 물이 앓고 공기가 앓게 된 원인과 결과는 인간에게 있다는 점을 상기해 준다. 그래서 인간은 자연에 대한 영원한 가해자이며 피해자인 셈이다.

새벽이 웅성거린다
눈을 뜨니
이마 찌푸린
사랑방 짙은 담배연기들
어디로 가나
어떻게 될까
아무래도 남쪽으로 내려가야지
아니 영월 쪽으로 아주 숨어버렸다가……

—「새벽을 피워 물면」의 일부

초록을 태우다 지쳐 붉은 꽃
어머니와 넘어온 38선 줄넘기
한 떼의 광풍떼거리가 스쳤을 뿐이라던가
까만 밤 흰 이빨이 돋아
줄기줄기 가시에 아근바근
동갑네기 김일성이 죽기 전에는
두 눈 못 감는다던
어머니는 죽어 빠알간 눈물꽃 핀다.

—「장벽, 그 줄넘기」의 일부

벽하늘만 보였습니다
깊은 밤 나의 거실 벽에서
백두산 천지물이
한꺼번에 쏟아져 내리면 차라리
꿈속에 익사합니다.

—「하, 오래도록 당신을 그리워하다 보니」의 일부

　우리의 역사 중에 가장 슬펐던 사건은 6·25이다. 동족을 이등분하여 상잔을 하였고, 그 결과 인명과 재산의 피해는 말할 수 없이 많았으며 1천만 이산가족을 남겼다. 최 시인은 8·15 이후 6·25 이전에 한창 공산당이 극성을 부릴 때, 견디다 못해 가족들과 함께 고향을 등졌다. 인용한 시에서, 그 아픈 상처를 말하고 있다.
　시 〈새벽을 피워 물면〉에서는 시대적 갈등과 불안을, 시 〈장벽, 그 줄넘기〉에서는 괴수 김일성을 저주하다가 타계하신

모친을, 시 〈하, 오래도록 당신을 그리워하다 보니〉에서는 오
매불망 그리는 북녘의 고향을 형상화시키고 있다.

　살아 남기 위해 고향의 전답과 가옥, 가구들을 다 버리고
새로운 삶의 터를 찾아 방황해야 했던 시대고는 전전세대들은
치를 떨었다. 전쟁은 예상하기 어려운 미지의 극한 상황에서
발발한다. 선전포고도 없이 남침했던 인민군들, 그들을 조종
한 김일성은 엄청난 오판과 피해를 남기고 사망했으나 통일의
길은 아직도 묘연하다. 통일이 막연한 꿈이 아닌 현실로 다가
오길 학수고대한다.

　　가령 소말리아 뱃가죽이
　　등때기에 바싹 붙어서 타오르는
　　열대의 솥검댕이에 늘어지면
　　인간 북어를 실은 수천의 트럭이
　　황토 먼지 속으로 사라져 간다
　　아, 전라도 어디쯤
　　쩍쩍 갈라진 일제 말기 논바닥에
　　늘어진 내 몸뚱어리가 실려 나오듯
　　태양이 비추는 가장 처절한 고통, 아프리카.

　　　　　　　　—「아프리카, 아프리카 봉선화야」의 일부

　　훌쩍훌쩍 그 새카만 눈망울들
　　뚝뚝 떨어지는 굶주린 죽음도
　　짙은 검정 색깔이라
　　검은 에티오피아 아이는 아직 가쁜 숨결을 내세우고
　　김혜자 커다란 눈동자 속에서

눈물나듯 살아나면

살아라 살아라

우리도 굴뚝 키만큼 몽땅 솟아 버렸다.

—「굴뚝·3」의 일부

　인용한 시는 극심한 식량난을 겪고 있는 지구촌의 현실을
형상화한 작품이다. 아프리카의 소말리아, 에티오피아, 수단,
모잠비크뿐 아니라 아시아의 방글라데시, 라오스, 캄보디아,
베트남에서도 굶주림과 천재지변으로 고통받는 사람이 많다.
굶어 죽는 것처럼 억울한 일은 없다. 굶주림으로 죽어가는 어
린이가 하루에 4만 명, 1년에 1천4백만 명이 된다니 놀라지 않
을 수 없다.

　이 또한 아프리카에서는 3천만 명이 굶주림에 직면해 있다.
매년 25만 명의 어린이가 비타민 A 결핍으로 실명하고 있으며
특히 개발도상국의 국민 6명 중 1명이 심한 영양실조 상태에
있다. 필자가 아는 바는 탈렌트 김혜자, 그런 현장으로 가서
봉사활동을 했다는 것이다. 목숨을 유지하기 위한 최소한의
식량조차 없어 굶주림과 질병으로 죽어가는 사람에게 온 인류
가 동참하여 저들을 도와주어야 할 것이다. 800원으로 30명의
영아들을 영양실조로 인한 실명으로부터 보호할 수 있는 고단
위 비타민 A를 공급할 수 있고, 1만 원으로는 굶주려 죽어가
는 한 어린이를 한 달간 살릴 수 있다니, 우리도 어려웠을 시
절에 다른 나라로부터 옥수수 가루를 구호받아 연명하여 오늘
의 풍요를 느끼며 살고 있지 않는가.

　① 주르르 눈물 흐른다

—「북한산」의 종결 부분

② 물참나무 눈물 젖은 이파리 서너 장이 떨어진다.
                              ―「숟가락만 살아」의 중간 부분

③ 엄마는 철부지를 붙들고 울고
                              ―「털벙거지」의 중간 부분

④비둘기가 날도록 눈물이 솟더라.
                    ―「주문진 피난민 수용소의 카레라이스」의 중간 부분

⑤튀, 튀, 튀 사카린 물이 넘어왔다. 눈물이 핑 솟았다.
                              ―「첫바다」의 중간 부분

⑥어머니는 생일날 먹지 못하는 쐬주 한잔 들고 동네분들 앞
에서 울음을 불렀다.
                              ―「달걀뿌리」의 종결 부분

⑦실컷 울어나 본다.
                              ―「첫사랑」의 종결 부분

⑧…… 팔들을 다 벌리고 줄줄 눈물을 흘린다……
                              ―「숲에서 일어난 일」의 중간 부분

⑨여리디 여린 이마가 맨 먼저 우나니
                              ―「산을 업고 울었다」의 도입 부분

⑩…… 거듭 눈물 붉히며 먼 산 먼 데로만 눈을 돌리더라
                              ―「가을 종착역」의 중간 부분

⑪ …… 폭포는 김수영의 폭포와는 달리 외줄기 야윈 눈물을
훌쩍거립니다.

─「들꽃 한 다발의 무게」의 중간 부분

⑫ 홀랑 벗은 몸뚱어리 엎드려 납작 엎드려 울제

─「화왕산 진달래」의 중간 부분

⑬ 부슬부슬 빗방울 부딪치면 눈물

─「굴뚝이」의 중간 부분

⑭ 한여름 빨가벗은 울음을

─「굴뚝·2」의 종결 부분

⑮ 사랑이 뭐길래 다시 울면

─「굴뚝·3」의 중간 부분

⑯ 어머니 하얀 안개 저고리 눈물

─「봄비」의 도입 부분

⑰ 석천암 괸 눈물

─「불암에서」의 종결 부분

⑱ 포플러 잎사귀가 눈물처럼 줄줄 흔들었다

─「현관」의 중간 부분

⑲ 참 눈물이어라 참 눈물이어라

─「장미 입술 위로 기어간 사내」의 중간 부분

⑳ 철없이 울다 가네
　　　　　　—「목련, 목련, 목련꽃 봉오리」의 중간 부분

㉑ …… 백화점이나 호텔 꼭대기에 올라가 엉엉 울기도 했답
니다 ……
　　　　　　　—「테헤란로 소나무」의 중간 부분

㉒ 흰 이빨 고여드는 눈물 서산 너머 흘러간다
—「대모여, 아 대모여! 구룡아, 너 아직 살아 있느냐?」의 종
결 부분

㉓ 눈물 어린 공로패라도 수여해야 한다.
　　　　—「차라리 플라타너스에게 명예퇴직을」의 도입 부분

㉔ 도달한 아침, 빈 의자 눈물 난다
　　　　　—「아스팔트 길 위에 딩구는 휘파람」의 중간 부분

㉕ 어머니는 죽어 빠알간 눈물꽃 괸다.
　　　　　　—「장벽, 그 줄넘기」의 중간 부분

이 시집 60여 편 중에 눈물을 다룬 25편의 시에서 1행만 인
용해 보았다. 시인에게 눈물이 많다는 것은 그만큼 인간적인
삶, 인간적인 이상, 인간적인 세계를 추구하고 있다고 볼 수
있다. 그래서 시인은 감상에 빠지기 일쑤다. 객관적 상관물
(대상)을 생각하거나 접촉했을 때 감정의 표고가 높아 가슴이
울렁거리는 것이다. 눈물이 메마른 사람은 도저히 시인이 될
수 없는 거다. 눈물이 메마른 사람은 감정도 메말라 있기 때

문이다. 그러나 슬픔을 기쁨으로 승화시킬 수 있는 카타르시스 또는 제어가 필요하다. 원형의 감정을 그대로 쏟아놓으면 작품의 품격이 떨어질 수도 있다. 그러므로 직유를 피하고 은유로 한다든가, 반어나 역설로 처리하면 그 중량이 더해질 수도 있다.

이상과 같이 이 시집의 대표적인 작품을 열거해 보았다. 최시인의 시세계는 순수서정에 있으며 객관적 상관물은 모두가 자연이며 산에 있다. 자연을 읊고 자연을 사랑하는 호연지기, 그것이다. 그리고 속되거나 경망스런 시어는 전혀 찾아볼 수 없다. 아마도 그의 인품대로 닮은 시를 계속 창작하리라 믿는다.

그리고 이 시집이 단국문학상 수상작이라는 점에서 그 의의가 크다고 생각하며 갈채를 보낸다.

후 기

　술과 여자 그리고 도박이 인생의 꽃이라고 호언장담하던 시절이 있었다. 아마 이 장담은 아직도 상당히 유효하리라.

　문학에 있어서도 마찬가지로 대선배, 문호들의 氣槪가 거의 이 사실을 증명해 준다. 大酒豪 변영로의 명정 40년, 천상병 시인의 막걸리, 문호 괴테의 연인들, 애드가 앨런 포우의 술과 도박…….

　내게 있어서는 흉내에 불과하지만 약간의 호기로서 술과 여자와 끼를 말하라면 술은 어느 정도 호주가로 면면을 세워 시집 《호박꽃 초롱에 술을 부어 마시니》를 간행했으나 나머지 둘은 내 심사에 부합되지 못하여 전전긍긍하던 차에 한 여름 《古朝鮮의 마늘 女人》이라는 시집을 출간하는 것으로 자위를 삼을 수밖에 없다.

　산에 가야 범을 잡는다고 등산을 하면서 산채를 뜯어 오거나 분재를 캐어 오거나 풍란을 집어 오거나 돌덩이를 주워와 자랑하는 사람도 있지만, 산바람·술바람만 끌고 와 땀내 젖은 빨래만 던져 놓으니 아내를 온전히 볼 낯이 있겠는가. 별 신통한 생각도 없이 산 능선 바닥에 외로운 구름 자락이나 덮고

사는 신묘한 바위나 나무 모습 몇 장을 나의 시집에 숨겨 넣어
두었다.

이들은 월출산 베틀굴을 빼고는 모두 서울 근교에 살고 있
다.

하나의 객기를 부려 웃음거리가 될 것이지만 수석이나 분재
처럼 나만 두고 볼 수 없는 일이다. 이것도 끼라고 문학의 한
너털웃음으로 웃어 버리면 보는 이의 속이 풀리지 않겠느냐고
결단을 내린 것이다.

어쨌든 이러저러한 까닭으로 시집《호박꽃 초롱에 술을 부
어 마시니》를 출간하여 한동안 꽃술복에 잠겼다가 이번에《古
朝鮮의 마늘女人》으로 꽃바위라도 껴안고 춤을 출지도 모르겠
지만 이런 객끼에도 모교 단국대학교에서는 제 7 회 단국문학
상 수상자로 선정하였으니 참으로 부끄러우나 한편 신명나는
일이 아닐 수 없다. 고맙습니다.

대치동 호박꽃 필 무렵
崔 檀 泉

古朝鮮의 마늘 女人

●

1994년 8월 10일 인쇄
1994년 8월 16일 발행

지은이·최딘친
펴낸이·임종대 / 펴낸곳·미래문화사
등록·1976. 10. 19. 제 3-44호

주소·서울시 용산구 청파동 3가 34번지
전화·715-4507 / 713-6647
팩시밀리·713-4805

값 3,000원

· 저자와의 협의하에 인지는 생략합니다.